Los ciclos de vida de los mamíferos

BRAY JACOBSON

TRADUCIDO POR ALBERTO JIMÉNEZ

Gareth Stevens
PUBLISHING

ENCONTEXTO

Please visit our website, www.garethstevens.com. For a free color catalog of all our high-quality books, call toll free 1-800-542-2595 or fax 1-877-542-2596.

Cataloging-in-Publication Data
Names: Jacobson, Bray.
Title: Los ciclos de vida de los mamíferos / Bray Jacobson.
Description: New York : Gareth Stevens Publishing, 2018. | Series: Veamos los ciclos de vida | Includes index.
Identifiers: ISBN 9781538215685 (pbk.) | ISBN 9781538215234 (library bound) | ISBN 9781538215746 (6 pack)
Subjects: LCSH: Mammals--Life cycles--Juvenile literature.
Classification: LCC QL706.2 J25 2018 | DDC 599.156--dc23

First Edition

Published in 2018 by
Gareth Stevens Publishing
111 East 14th Street, Suite 349
New York, NY 10003

Copyright © 2018 Gareth Stevens Publishing

Translator: Alberto Jiménez
Editorial Director, Spanish: Nathalie Beullens-Maoui
Designer: Samantha DeMartin
Editor, Spanish: María Cristina Brusca

Photo credits: Series art Im stocker/Shutterstock.com; cover, p. 1 rickyd/Shutterstock.com; p. 5 (monkey) l i g h t p o e t/Shutterstock.com; p. 5 (dog) InBetweentheBlinks/Shutterstock.com; p. 5 (elephant) john michael evan potter/Shutterstock.com; p. 5 (pig) kvasilev/Shutterstock.com; p. 5 (horse) Rusia Ruseyn/Shutterstock.com; p. 7 (bumblebee bat) Merlin D Tuttle/Science Source/Getty Images; p. 7 (blue whale) Hiroya Minakuchi/Minden Pictures/Getty Images; p. 9 (main) monshtadoid/Shutterstock.com; p. 9 (inset) The Len/Shutterstock.com; p. 11 JOHN BAVOSI/Science Photo Library; p. 13 Dmitry Pichugin/Shutterstock.com; p. 15 Willyam Bradberry/Shutterstock.com; p. 17 Potapov Alexander/Shutterstock.com p. 19 (main) Kjuuurs/Shutterstock.com; p. 19 (inset) Arent Trent/Shutterstock.com; p. 21 SAM YEH/AFP/Getty Images; p. 22 Constantin Stanciu/Shutterstock.com; pp. 23, 30 Eric Isselee/Shutterstock.com; p. 25 worldswildlifewonders/Shutterstock.com; p. 27 D. Parer & E. Parer-Cook/Minden Pictures/Getty Images; p. 29 Milosz Maslanka/Shutterstock.com.

Printed in the United States of America

CPSIA compliance information: Batch #CW18GS: For further information contact Gareth Stevens, New York, New York at 1-800-542-2595.

Contenido

Las palabras del glosario se muestran en **negrita** la primera vez que aparecen en el texto.

Qué son los mamíferos

Muchos de los animales que conoces son mamíferos: perros, caballos, elefantes… Hay miles incluyendo a los humanos. Los mamíferos tienen columna vertebral, **sangre caliente** y piel o pelaje. Las madres producen leche para sus hijos y, la mayoría, **procrean** crías muy parecidas a los adultos.

Si quieres saber más

Las crías suelen pasar largo tiempo
con la madre. Así aprenden a buscar
comida, adaptarse al grupo y desplazarse
con él.

mono

perro

elefante

cerdo

caballo

5

Hay mamíferos en muchos **hábitats**, desde el mar hasta el trópico. A veces son enormes, como la ballena azul, o diminutos, como el murciélago moscardón. Sea cual sea su hábitat o su tamaño, la mayoría tiene un ciclo de vida similar.

Si quieres saber más

El ciclo de vida son las fases por las que pasa un animal al crecer y cambiar desde que nace hasta que muere.

murciélago moscardón

ballena azul

7

Y más mamíferos

Para **reproducirse**, el mamífero debe buscar pareja. El macho y la hembra se atraen de muchas formas. Por ejemplo, el delfín macho nada junto a la hembra y ¡ambos se acarician con las aletas!

Si quieres saber más

La pareja es cada uno de los dos animales que se unen para tener crías. El macho **fecunda** los óvulos de la hembra.

9

Las crías crecen dentro de la madre. Casi todos los mamíferos son placentarios. La hembra desarrolla un **órgano** interno, la placenta, para alimentar al bebé antes de que nazca. El tiempo que el bebé pasa dentro de la madre depende del tipo de mamífero.

Si quieres saber más

La cría de delfín crece dentro de su madre entre 10 y 17 meses.

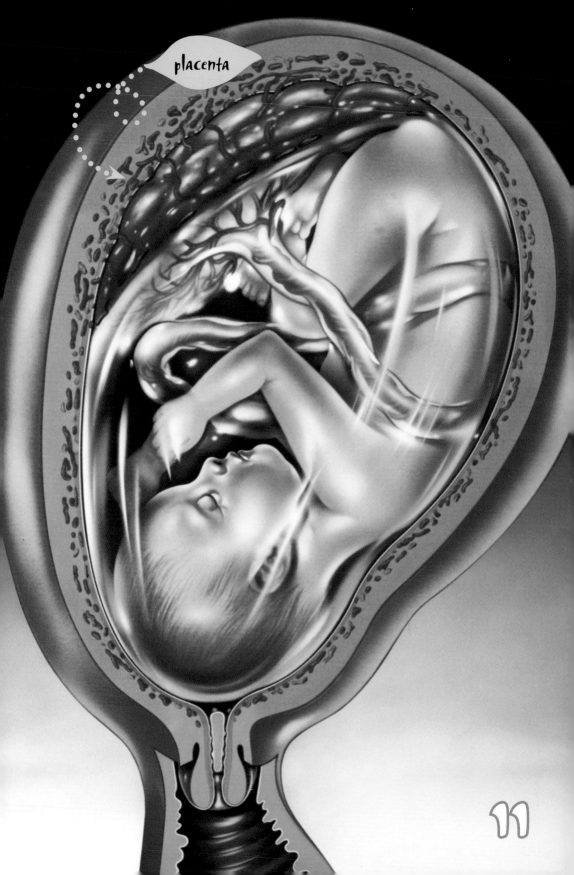

¡Está vivo!

Casi todos los mamíferos dan a luz seres vivos. Algunos nacen más **desarrollados** que otros. Por ejemplo, los bebés oso no pueden ver ni tienen pelaje, ¡pero los bebés caballo pueden pasar horas de pie! Todas las crías beben la leche que produce el cuerpo de su madre.

Si quieres saber más

Los seres humanos suelen tener un bebé a la vez, pero otros mamíferos tienen más. Los perros grandes, ¡hasta 10 cachorros por **camada**!

13

Tiempo en en familia

Como muchos otros mamíferos, los bebés del delfín siguen con su madre aunque hayan dejado de beber leche materna. Las hembras, y a menudo otros miembros del grupo, cuidan de los bebés. Tratan de mantenerlos a salvo.

Si quieres saber más

Los bebés delfín suelen quedarse con la madre hasta 8 años.

15

Todos adultos

Los mamíferos suelen tardar años en hacerse adultos. Al **madurar**, casi todos crecen y sus cuerpos cambian. Una vez que su desarrollo les permite reproducirse, el ciclo de vida empieza de nuevo.

Si quieres saber más

Los osos están listos para reproducirse alrededor de los 4 a 5 años de edad.

El ciclo de vida de los delfines

Los delfines adultos se aparean.

Una cría crece dentro de la hembra.

La hembra del delfín procrea a su cría.

La cría bebe leche materna y crece.

El joven delfín se desarrolla para reproducirse.

Vivir en una bolsa

Algunos mamíferos como los koalas y los canguros se llaman marsupiales, es decir, que las hembras tienen una bolsa en la que guardan a sus bebés. Su ciclo de vida es un poco diferente de la de otros mamíferos, ya que sus crías nacen menos desarrolladas. Por eso pasan largo tiempo con su madre antes de ser capaces de sobrevivir por sí mismos.

Si quieres saber más

La zarigüeya de Virginia es un marsupial que vive en Estados Unidos y Canadá.

El bebé koala crece dentro del cuerpo de su mamá durante unos 35 días. Al nacer solo mide 0.8 pulgadas (2 cm) de largo. A pesar de que no tiene orejas ni puede ver, se trepa a la bolsa, o **marsupio** de su mamá ¡por sí solo!

Si quieres saber más

Aunque todas las hembras de los marsupiales tienen bolsa, no siempre es tan completa como el del koala y el canguro.

El bebé koala pasa de 6 a 7 meses en la bolsa bebiendo la leche de su mamá. Cuando crece lo suficiente, sale de ella y, hasta cumplir más o menos un año, va sobre la espalda de su madre.

Si quieres saber más

La hembra del koala solo procrea una cría a la vez. Si no tiene más hijos de inmediato, la cría puede quedarse con ella más de un año.

El ciclo de vida de los koalas

Los koalas se aparean.

La hembra procrea una cría poco desarrollada.

Los jóvenes se quedan por mucho tiempo con la madre.

La cría entra a la bolsa materna para beber leche.

La cría sale de la bolsa y se trepa a la espalda de su mamá.

La cría crece y se desarrolla.

¿Mamíferos que ponen huevos?

Los monotremas pasan por una fase de reproducción diferente a los otros ciclos de vida de los mamíferos, ya que ponen huevos en lugar de dar a luz a seres vivos. Entre ellos están el ornitorrinco y cuatro tipos de equidnas.

Si quieres saber más

Solo hay monotremas en Australia y Nueva Guinea.

ornitorrinco

25

Tras **aparearse**, la hembra de equidna **gesta** un huevo durante unos 23 días. En este tiempo le sale una bolsa marsupial, y es en ella donde deposita el huevo. Las hembras de equidna solo ponen un huevo a la vez.

Si quieres saber más

Las crías de equidna recién nacidas no solo no pueden ver ¡sino que no tienen pelaje!

cría de equidna

27

El bebé equidna sale del huevo después de unos 10 días. Como marsupial que es, está muy poco desarrollado, así que pasa de 2 a 3 meses en la bolsa de su mamá bebiendo leche. Cuando empiezan a salirle púas, la madre lo saca de la bolsa.

Si quieres saber más

Los equidnas están cubiertos de pelaje y largas púas. ¡La hembra saca a la cría del marsupio porque sus púas la pinchan!

El ciclo de vida de los equidnas

El joven equidna sale del marsupio, ¡y enseguida se vale por sí mismo!

Los adultos se aparean.

El huevo crece dentro de la hembra.

A la cría le salen pelaje y púas.

La hembra pone el huevo en su marsupio.

La cría bebe leche dentro del marsupio materno.

El huevo se abre.

Glosario

aparear/se: cuando los animales hembras y machos se juntan para hacer crías, o bebés.

camada: grupo de crías nacidas al mismo tiempo.

de sangre caliente: animal que mantiene la temperatura corporal constante, sin importar la exterior.

desarrollar(se): crecer y cambiar.

fecundar: unir células masculinas con el óvulo femenino para procrear (engendrar hijos, crías).

gestar: la cría se desarrolla dentro de la hembra hasta que nace.

hábitat: lugar donde vive un animal o una planta.

madurar: convertirse en adulto.

marsupio: bolsa de las hembras marsupiales donde las crías completan su período de gestación.

órgano: parte interna del cuerpo de un animal.

procrear: engendrar y multiplicar la propia especie.

reproducir: procrear un hijo, una cría.

Para más información

Libros

Amstutz, Lisa J. *Mammals*. North Mankato, MN; Capstone Press, 2017.

Rudolph, Jessica. *Platypus*. New York, NY: Bearport Publishing Company, Inc., 2018.

Sitios de Internet

Zoo de San Luis: mamíferos de nuestro sitio web
www.stlzoo.org/animals/abouttheanimals/mammals/listallmammals/
Descubre muchos tipos geniales de mamíferos… ¡y planea una visita al zoológico de San Luis!

Nota del editor a los educadores y padres: nuestro personal especializado ha revisado cuidadosamente estos sitios web para asegurarse de que sean apropiados para los estudiantes. Muchos sitios web cambian con frecuencia, por lo que no podemos garantizar que posteriores contenidos que se suban a esas páginas cumplan con nuestros estándares de calidad y valor educativo. Tengan presente que se debe supervisar cuidadosamente a los estudiantes siempre que tengan acceso al Internet.

Índice